가끔 중세를 꿈꾼다

가끔 중세를 꿈꾼다

전대호 시집

민음의 시 74

민음사

自序

여기 묶은 글들을 쓰는 동안 남의 글에서 내가 느낀 아쉬움이 적잖은 영향력을 발휘했다는 사실이 못내 아쉽고 부끄럽다. 나 또한 이 분업의 시대에 어떻게든 한 자리를 차지하려 애쓴 거라면, 나를 용서할 수 없으리라. 나는 시라 불리는 많은 글들을 기형적으로 진화시키는 커다란 힘에 반발하고자 했다. 내가 과연 순수했는지 자문해 본다.

나는 큰 집에서 살려고 한다. 첨단이 아닌 기반에 있는 큰 집. 시대도 전문 용어도 체험도 초월해서 모두와 대화하겠다는 꿈을 버릴 수 없기 때문이다. 그 꿈을 위해서라면 적극적으로 신을 동원하는 것도 불사하겠다.

감각의 도움 없이도 아름다움을 느끼는 법을 귀띔해 준 과학자들, 세상에서 배우되 재판관의 자세로 배우라고 일러 준 철학자들, 내게 항상 건강한 일상인의 정신을 일깨워 준 아내와 아이들과 부모님, 그리고 순박한 자세와 눈빛을 가진 많은 사람들, 마치 조미료 없이 만든 음식 같아서 시라기보다는 시를 향한 길이라 불러야 마땅한 이 글들은 그들이 내 안으로 들어와 얻어진 영양분으로 돋아난 새싹이다. 언젠가 좋은 열매를 맺으면 자랑스럽게 그들에게 헌정하고 싶다.

1995년 11월 양평동에서

전대호

차례

별똥별

별똥별이 천구에
한 십오 도쯤 원호를 긋고 사라진다

이렇게 멀리 있어
내 귀와 눈은 느끼지 못했지만
아주 높은 곳에서는 장엄했으리라,
공기를 찢는 그의 속도가 쏟아 놓는 소리
불타오르는 그의 몸뚱이가 내뿜는 빛

그 장엄함 앞에
거미줄처럼 어둠 속으로 길게 이어져 있던
그의 이탈의 궤적도
일순간에 불타 없어졌으리라
모든 별들 침묵했으리라

그리고 그가 보여 준 마지막 궤적을 이어
나는 이렇게 적어야겠다 :
방금 그가 별들의 무리 속으로 돌아갔다고.

상처

1

버스가 급하게 모퉁이를 돌았다. 옆에 선 사내가 근육을 긴장시키며 손잡이를 움켜쥔다. 사내의 팔뚝에 담뱃불로 지진 자국이 보인다. 둥글고 큼직하게 주위 살들을 잡아당기며 아문 흉터가 세 개 일렬로 박혀 있다. 언제였던가 나도 그런 시도를 한 적이 있었다. 술을 많이 먹고 친구들 앞에서 독하게 지졌었다. 상처는 많이 부풀어 올랐다. 며칠 동안 팔 전체가 화끈거렸고, 화끈거렸지만 아무 흉터도 남지 않았다.

햇살 내리네 저 햇살
아무것도 기억하지 않는 따사로운 햇살

사내는 아마 물집이 생긴 자리를 세 번 이상 더 지졌을 것이다. 아무도 근접 못할 만큼 무시무시한 기억을 훈장처럼 팔뚝에 새겨 넣기 위하여 사내는 아까처럼 근육을 긴장시키며…… 이를 악물었을 것이다, 젖은 숫돌처럼.

2

지나간 일들은 정말로 지나가 버린다. 그날에나 지금에나 햇살 저 햇살, 아래 집들은 웅크리고만 있다. 그런 식의 무례한 작별 인사는 그를 자꾸 뒤돌아보게 했다. 들꽃에게라도 말 걸고 싶은 발걸음. 얘 너도 집이니? 아니 나는 성(城)이야. 지나간 일은 일도 아니다. 기억만 고대 인류의 꼬리뼈처럼 진화의 문턱에서 흔들거릴 뿐.

봄은 흰 연기 사이로

그 마을의 봄은
화장터가 있는 나즈막한
동쪽 언덕을 넘어온다
언덕 위에 있는 높은 굴뚝을 스쳐서

마을에서 바라보면 작은 가시 같은 그 굴뚝에서
가늘게 하얀 연기가 솟는다
이미 가 버린 것들이 마침내 떠나는 것이다
나른한 사람들로부터 창백한 하늘로
나른한 눈동자들은 흰 연기를 보며
나른하게 말한다: 봄이
오는군

봄은 그 연기를 신호로 출발한다고 한다
서둘러 달려와 마을 입구에 이르면
연기가 솟는 굴뚝을 아홉 번 돌고 나서
마을로 들어온다는 얘기도 있는데
물론 확인할 수는 없는 얘기들이다

마술을 위하여

그들이 마술사의 뒤쪽으로 돌아와서, 숨겨져 있던 비둘기와 숨겨져 있던 필사적으로 빠른 손놀림을 보게 되었을 때, 모자에서 쏟아져 나온 돈이 어떻게 탁자 밑으로 다시 모자 속으로 들어가는지 보게 되었을 때, 나 역시 마술사에게 충고했었어. "이봐 자네는 이제 끝장이야, 들통났다구"

이제 우린 어떻게 살아야 되지?
사람들이 또 찾아올거야
눈속임이라는 게 다 들통났는데도?
그리워질거야
지겨워, 우리는 이렇게 속이는 인생인가?
아니. 속는 걸 다 아는 사람들을 속이는 건 속이는 게 아냐
도대체 무슨 말인지 모르겠어
우린 이제 관객을 등 뒤에 놓고 공연해야 할거야
넌 그렇게 할 수 있단 말야? 스승 제자 사이에도 그런 법은 없어
그들이 우리를 따라하고 싶어질 때까지

다 함께 우리처럼 환멸을 느끼라구?
다 함께 우리처럼 자기들의 말을 할 때까지

어느 때늦은 마술사의 고백

스승의 장례가 끝나자마자
우리의 작은 오두막집은
전에 없이 웅성거리는 소리로 가득 찼지요
당연한 일이었어요, 우린 떠나야 했으니까

밤이면 몰래 일어나 자기 몫의 소도구를 챙기는 벗들이 늘어 가고
우리를 받아 줄 일자리에 대한 얘기도
침상마다 꽃처럼 피어 향기 더했지요
돌아누워도 다들 잠 못 들었습니다

마침내 하나 둘씩 떠나기 시작했습니다
스승이 가장 아끼던 제자도
우리 모두가 부러워했던 그 번개 같은 두 손을
유유히 흔들고, 그러나 약간은 우울한 표정으로
내려갔지요. 굴지의 서커스단으로부터
입단 제의를 받았다고 했습니다
노력했지만 아직 신기한 경지에 이르지 못했고
그래서 아무것도 아닌 채로 세상에 섞여야 하는

대부분의 다른 벗들의 멍한 눈이
멀리까지 그를 따라갔어요

그 전날 밤
우리가 아는 가장 으슥한 곳으로
나를 불러낸 그는 풀벌레 소리보다 더 낮게
말했었지요: 너 정도로도 충분해 충분히 신기하잖아
그거면 된대 나랑 같이 가 받아 줄거야
고집 부리지마 우리 손재주만큼만 먹고살자구
그게 바로 서커스야 갈 수 있는 유일한 곳이라니까.
그러나 나는 마술을 고집했어요
서커스는 아냐, 난 스승처럼 당당하게 속이면서 살 거야
다들 떠나 버리고 스승의 무덤은 흔적도 없어진 지금에야
그가 내뱉은 마지막 말을 이해할 것도 같아요
그저 배우던 것에 머물려는 막연한 타성뿐이라던 말.
그는 화를 냈고 안타까워했고 풀벌레 소리 뭉개졌고
나도 화를 냈고 안타까워했지요

오늘도 나는 스승의 무덤으로
한때 스승의 무덤이 있었던 곳으로
왕성한 생명력 그 자체인 키 큰 풀숲으로 가요
전보다 더 무뎌진 내 손과
꼭 그만큼 줄어든 나의 수입과
전보다 더 가벼워진 그의 손과
꼭 그만큼 가벼워진 관중들의 환호성
전부 잊고 쉬고 싶은 밤이면
늘 거기로 가지요
가서 우리의 선택을 음미하곤 하지요

눈꽃의 꽃말

1

결정은 모두 핵을 중심으로 자라나는데
그 핵은 대개 불순물이다

그러니까 말이다, 누군가는
삼켜선 안 되고 삼킬 수도 없는
돌멩이를 깨물고
돌멩이처럼 버텨야 하는 거다

거기서 가장 완결된 형태가 나온다
믿기 어려운 일이지만.

2

대청봉 정상에서 눈꽃을 보았다
바람 때문에 땅엔 단 한 톨의 눈도 없는데
나무들은 수천의 흰 창을 뽑아 든 모습이었다.
겨울의 한복판에서 봄이 꾸는 꿈이라기엔
지나치게 직선적이고 살기등등했다.
난 돌아와 벗에게 얘기했다

“씨앗이 있었던 게야
수 개월 전
천칠백 미터 아래로
퇴각하는 무리로부터 버림받고 남아
표면을 뚫고 나갈 때 아닌 야망만 키우다가
굳어 껍질이 된 씨앗이 있었던 게야
대청봉을 덮은 눈꽃은 수의(壽衣)야
분분히 날리는 눈송이가 죽은 씨앗을 깨물고
뒤이어 또 다른 눈송이가 그들 모두를 깨물고
그렇게 꽃의 형상을 만들어 가지”

너무 심한 상상이라고 일축해 버렸지만,
눈꽃이 보여 주는 게 예사로운 퇴적이 아니라는 것엔
나도 동의한다
지독한 기억이나,
너무 단단한 열망이
퇴적에 앞서 이미 있었기 전엔
그런 형상이 나올 수가 없지 않은가.

믿음직스런 광대

태양처럼 당당했던 시절에 비해
더 오랜 시간이 걸려 말문을 열긴 했지만
다행히도 그는 여전한 것 같다
책가방을 처음 챙기는 아이처럼
제 삶의 계획을 얘기한다

세상을 이렇게 그리고 저렇게
바꾸면 좋겠다고 말한다
바꾸겠다고 말한다
그것은 우리가 얼마나 즐기던 얘긴가!
그가 여전히 그런 얘기를 즐길 줄 안다는 것이
내게도 즐거움을 준다

작은 시냇물처럼 시작된 그의 얘기가
산악 지대와 평지를 지나
아주 큰 물줄기가 될 때까지
어디로 가든 어디로 가든
여하튼 끊이지 않고 이어질 것을
나는 안다 그게 그의 본성이다

내가 그렇듯 그 역시
가로등의 눈으로 우리의 모습을
내려다보지 않을 수 없을 것이다
그도 이미 서둘러 충분한 나이를 퍼먹었으니까.
그를 바라보며 편안히 턱을 고인 내게
아, 그는 정말 얼마나 믿음직스러운가!

눈이 뒤집혀 그대를 구하다

그대는 끄덕거리지 어느 날
서류 가방 속에서 신문에 코를 박고.
(아아 정말 다행이야 내가 구호를 외치지 않은 건)

젊은이들은 오토바이를 타고 달리며 설교하네:
세계를 구하기 전에 눈이나 한 번 더 비비십시오
얼만큼 자료를 확보하고 구호를 외치시는 겁니까
감히 구호를

그래 맞아 모든 갈등은,
날 괴롭혔던 모오든 지상의 갈등은
0을 1로, 1을 0으로 잘못 보았기 때문에
최신 통계자료를 참조하지 않았기 때문에
1847년의 사건을 1848년의 사건으로 혼동했기 때문에
가가호호 여론조사를 하지 않았기 때문에
착각 속에 발생했었나 봐

부끄러워라 벗들은 감히 구호를 외치고
몸에 불을 지르기까지 했었네

벗들을 대신해 내가 부끄럽네

그대는 부르지 새로운 노래
서류 더미 속에서 젊은 전문가들과 함께
—문제라는 게 조사해 보면
  사소한 착각일 때가 많아요
목청을 가다듬고,

배우세
젊은이에게
갈등이 발견되면
눈을 비비는
젊은이들

눈 내리는 풍경

각 진 형상들이
어떻게 마모되어 갈 것인지를, 혹은
어떻게 흘러내릴 것인지를 알려거든
눈 쌓이는 거리의 풍경을 보라

벽의 밑둥이 부풀어 오르기 시작하면
집들은 맨 먼저 특유의 수직성을 잃고,
무덤처럼 둥근 구릉이 되었다가
이내 대지 속으로 함몰한다
우리가 지은 모든 집들의 미래를
눈은 조용히 예언하고 있다.

그러나, 각 진 형상을 사랑하는 이들이여
나는, 눈도, 그러니까, 눈가루도
아무도 모르는 어떤 형상에서
떨어져 나왔다고 믿는다
톱밥이나 대팻밥처럼
떨어져 나온 자들이 대개 그렇듯
눈도 철저히 자기의 과거를 숨기기로 했다고,

그래서 짐짓 겉으로는
일체의 형상을 배반하는 척 한다고

눈은 지금 철저히 그의 과거를 숨기고 있는 중이다
하지만,
너무도 철저하구나
형상을 사랑하는 이들이여, 그렇지 않은가?
너무도 너무도 철저하구나.

시간을 얘기하다

—어느 날의 대학 동창회

우리는 여자 얘기를 집어치우자고 했다
예기치 못한 사고 얘기도
돈 얘기도 집어치우자고 했다
옛날 얘기에는 이미 지루해진 뒤였다

시간이 우리를 달랠 거야,
누가 그렇게 말하자 모두 숙연해졌다
그런 말이 우리를 포근하게 하다니
시간이 해결해 줄 거야,
그래. 시간이,

라고 말하던 그날
적어도 내 기억으론, 우린 처음으로
시간을 얘기한 거야
역사가 아닌 시간을 말야
누가 그렇게 한마디 보태자
모두 술을 들거나 담배를 빨았다

누군가 노래를 부르자고 했는데 아무 노래도 안 나왔다

스피커에서 계속 나오고 있던 외국 노래만 더 크게 들렸다

우리는 헤어졌고, 아무 약속도 하지 않았다.

시간의 손 안에서

오직 시간만이 우릴 지배하고 있을 때
하여, 우리 자신에 대하여 아무것도
심지어 생사조차도 확인할 수 없을 때,

벗이여 잘 보자
시간의 손이 작용하는 방식을.
시간은 모든 산 것들을 갈라 놓고 모든
죽은 것들을 모은다

우리 지금 헤어지고 있는가?
그렇다면 우린 아직 살아 있다
두려움 없이 쪼개지자

우리 산화하지 않은 단면을 보여 주자
보여 주고 서로 용기를 얻자
오직 시간만이 우리를 지배하고 있는 동안
오직 산 것들만이 갈라진다
가라! 울지 말고.

더러운 환풍기

형과의 대화는 갑자기 끊어지고
나는 문득 내 뒤통수 위쪽에서 돌아가고 있었을
환풍기 소리를 듣게 되었습니다
나는 생각했습니다
그의 날개에는 먼지가
몇 센티쯤 쌓여 있을까

형은 뭐라고 뭐라고 나를 위로했는데
떠드는 사람들이 거슬렸는지
아까보다 훨씬 큰 소리로
뭐라고 뭐라고 말했는데
하나도 못 알아들었지요

나는 이미 환풍기 뒤쪽 어둠 속에서
더러운 환풍기의 날개 사이로
술집 전체를, 내 뒤통수를
술잔을 드는 형을
떠드는 사람들을
내려다보고 있었습니다

더러운 환풍기 소리는
시종일관 우리 모두의 대화를
은은하게 채색하고 있었던 것입니다

구멍

어디에나 너무도 많은 구멍이 있어
세상은 어찌 보면 여러 겹으로 겹쳐진 그물 같다
내가 부르면 모두들
각자의 구멍 속에서 대답한다.
강보에 싸여 머리만 보이는 아이를 안고
젊은 부인은 빠끔히 현관문을 연다
입술 사이로 삐져나오는 붉은 혀,
구멍은 모두를 환형동물로 진화시켜 간다.

무수한 구멍이 있고, 그 모든 구멍 속에
또 무수한 물방울이
큰 강이었던 과거를 잊고 눅눅히 잠들어 있는,
곧 옷장 깊숙한 서랍 속으로 들어가야 할
겨울 외투를 여미며 젊은 부인은
잘못 찾으셨다고 그런 사람 없다고
그러면서 돌아서서 미안해요 한다

내가 공기와의 연애를 계속 미루고 있는 건
사랑이 부족해서가 아니라

그녀가 너무도 예외적인 까닭이다
어디에나 있는 구멍과 고립된 물방울을 보면서
그녀에게 늘 이렇게 말해 두곤 하는 것이다:

내겐 지금 할 일이 있어
나를 도우려거든
세상의 모든 구멍을 내 앞에다 모아 줘
나는 그 촘촘한 입구마다 성냥불을 갖다 댈거야
모두들 각자의 구멍을 나와 허공에서 뭉쳐지면서,
아주 큰 구름, 아주 큰 울음
온 하늘을 덮고 꿈틀대면,
그땐 나도 네게 갈 거야
승천하는 용을 타고.

감상하다

교통사고로
차가 뒤집히면서
몸이 공중에 뜨면,
순간적으로
엄청나게 많은 일들을
차분하게 돌이키게 된다고 한다
순간이지만 충분히 길어서
그 많은 일들을 돌이킬 뿐 아니라
평가하고 후회하고
감상할 정도라 한다

부질없어지니까 진리가 보이데요
슬프지요, 어쩌겠어요 문은 열렸는데—
그 여자애의 눈은 아주 예뻐도 슬퍼 보였거든요
그 이유를 몰랐는데, 이제야 알 것 같아요—
그 소는 되새김만 한대요
장으로 통하는 네 번째 위가 없대요
하염없이 되새김만 한다 대요—

오래전 사상가들을 공부할 때 나는
즐겨 감상의 태도를 취하는데,
그건, 그들에 대해 애정을 갖는 유일한 방법이
감상의 방법임을 느껴 왔기 때문이다
그들 전부에게 미안한 일이다
그러나, 그들도 나를 탓하지는 못할 거다
이해해 줄 수밖에 없을 거다
내 입장이라면
그들도 별수 없었을 거다.

부지중에 낙태된 아이

죽은 이들이 모여 있는 공원에서
한 아이를 보았네

다들 살았던 얘기로 군데군데 모여 있는데
그 애는 혼자
구석에 쪼그리고 앉아
바닥에 무언가 그리고 있었네

비둘기들이 많았네
어디에서든 과자 부스러기를 던지면
가득 찬 햇살 뭉클거리면서
흰 비둘기들이 나타났네

부지중에 낙태된 아이야
아직도 자기가 산 걸로 알지
누군가 그렇게 말해 주었네.

만인은 법 앞에 억울하다

그 봄날의 두 시간 동안
내가 어깨너머로 들은 바에 의하면
만인은 법 앞에 억울하다

친구를 면회하러 구치소에 가서
차례를 기다리던
그 봄날의 두 시간 동안
어깨너머로 들려오던
재소자 가족들의 대화를 간추려 보면
만인은 법 앞에 억울하다

도대체 어찌된 일인가?
그들이 모두 거짓말을 하고 있는지도 모른다
아무런 책임감도 없이 지껄이고 있는지도 모른다
못되 먹은 가축처럼.
그러나 그들이 진실을 말하고 있는지도 모른다
법복(法服) 앞에서도, 단두대 앞에서도, 화형틀에 묶여서도
나는 억울하다고 일관되게

목 놓아 외칠 수 있을지도 모른다

그 봄날의 두 시간 동안 나는
만인이 법 앞에 억울하다 하는 걸 들었다
세상은 살 만한 곳이 아니다
그들이 진실을 말하는 것이든
그들이 전부 거짓말쟁이든
결론엔 변함이 없다.

풍차 위에서

알에서 깨자마자
내가 처음 만난 것들이 이 세상의 전부였다
익숙해졌지만 이해되지 않는 것들
더 이상은 없었다

헤아릴 수 없이 깊은 바닥에서 올라오는 톱니바퀴 소리와
풍차 날개에 매달린 표정 없는 여인들과
여인들의 머리를 희롱하는 바람

알에서 깬 후 여태껏, 나는 용기 있게
대답이 없어도 거품 물면서 질문하고
손가락 창처럼 들어 무언가 가리키며 흥분하고
붉게 푸르게 집 짓기도 했지만

열망이 싸구려 페인트처럼 벗겨질 때면
다시 드러나는 풍경
풍차는 돌고
나는 꿈틀거린 만큼 왜소해져 있다

배우는 일의 두려움

—대학원에서

관(棺)에 들어갈 때
대부분의 사람들은
자기 이름 위에 무슨 직책처럼
學生이라고 써 붙인다
정말 날카로운 통찰이다

'학생'이란
죽은 후에나 가질 만한
직책이니까

나는 유예기간을 너무 연장시켰다
바닷고기처럼 펄펄 뛰어야 할 심장 안에
제기랄!
(모든 삶이 유예일지도 모른다는 생각이 들기 시작했다)
시체의 즙이 고이다니

조커

창조 이전의 흔적이여
모든 계급을 벗어난 이여
지금 모두는 너의 통치를 바라고 있다

왕과 여왕과 재판장과
또한 하나로부터 열까지
모두는 널 닮으려 한다
이젠 네가 통치하라 한다

바로 그것이 이 시대가
애타게 바라는 바이다
반성에 지침과 동시에
반성하는 포즈의 감칠맛을 알게 된
이 건방진 시대가
자존심도 책임감도 없는 시대가
바라는 바이다

창조 이전의 흔적이여
모든 계급을 벗어난 이여

달려드는 낙타 떼를 바라보는
바늘구멍 뒤의 눈이여

잔인하도다

그녀의 눈앞에서 애인은 폭파한다
달려오던 그녀의 발걸음으로 꼭 두 발 앞
멈추지 못하고 그 자리까지 달려간 그녀의 눈에는 아직도
팔 벌린 애인의 모습과 미소가
손안에 쥔 새의 떨림 같은 잔영을 이루고 있었지만
애인은 사라진 것이다
꼭 바둑알만큼씩 한 크기로 분산된 애인의 살과 뼈는
이제는 그녀가 서 있게 된 그 자리를 중심으로
반경 오 미터 안에 균등하게 흩어졌다
그녀는 혹시 두개골을 찾을 수 있을까 둘러보았지만
다만 균등하게 뿌려진 바둑알만큼씩 한 조각뿐이었다.
조금 찢겨 바닥을 하늘로 향한 신발이라도 있을까
둘러보았지만 다만 균등하게 뿌려진 조각뿐이었다
그녀는 살점과 뼛조각을 줍는다 엄지와 집게 손가락으로
한 톨씩 모아 한 주먹 한 주먹 두 개를 뭉쳐서 가슴에 품었다가
문득 내팽개치더니 피 묻은 손으로 머리를 쥐더니
이렇게 말한다 :

잔인하도다
가련한 여인이 될 권리마저 박탈하는구나
내 눈물이 어디에 떨어져 고일 것이며
내 짧은 팔 끝에 매달린 두 손은 무얼 붙잡을 것인가
나는 우스꽝스러워질 운명이로다
도대체 어떤 자세로 주저앉으며
어디에 머리를 처박고 울어야 한단 말인가
단단한 밑둥을 가진 나무라도 한 그루 잘라 줄까
도시여, 이 자리에 꽃이라도 하나 피워 주려니
아아! 허공이 전부 거울이로구나
내 표정을 보라 이 우스꽝스런 표정을.

그리하여 나는 아래와 같이 적을 수밖에 없었던 것인데
이것은 연민도 조소도 아니었으며 연민이며 조소였으며
이것은(아! 잔인하도다)
난 도저히 잔인할 수 없었기 때문이다:

애초에 애인이 있었고 이제는 그녀가
너무 짧은 두 팔 끝에 빈손을 우습게 장착한 채

울지도 못하고 서 있는 바로 그 자리에서
듣도 보도 못한 꽃이 피어오르니라
그것을 붙잡고 비로소 안식을 찾아 그녀는 울기 시작했고
그것은 더 크게 자라 하늘에 이르니
그때 애인도 비로소 대지에 임하더라, 아멘.

꽃과 거품

늪으로 가는 강과 나무는
아주 유사하다
연필을 들고 그 둘의 윤곽선과
그 속에 물의 이동 방향을 그려 보라

흐름이라고 부를 만하지는 않지만,
늪으로 가는 강과 나무는
속에 같은 종류의 흐름을 가지고 있다
남겨져 있는 유일한 흐름을

벗들은 갔다
나무를 타거나 늪으로 가는 강을 탔으리라

그러나 대개의 벗들은
아주 아주 유사해서 쉽게 겹쳐지는 그 두 통로의
혼돈 속을 흘러가고 있다는 것을 나는 안다
거대한 짐승의 폐 속 같은
장마철의 내 지하 방으로
그들의 편지가 오곤 한다.

“꽃인 줄 알고 다가가면 거품이야, 잘 생각해 보면
거품이 꽃인 것도 같고. 다들 그래.
증발인지 함몰인지 몰라.
……
꽃 구경 와”

거품의 노래

어느 날 그는 닭벼슬처럼 머리를 세우고 왔다
외모에 한번도 신경 안 쓰기로 유명했는데 웬 무쓰?
우리가 모여든 건 당연한 일이다

난 거품이야
이젠 솔직해질 테야
이게 내가 할 수 있는 전부라구
거품으로 나를 표시하는 일

그러고 이런 노래를 불렀다

　난 개성을 열망하는 거품,
　직육면체 거품
　삼각뿔 거품이 되고 싶어요
　주머니를 다 털겠어요
　그렇게 해 주는 거품에게
　다 털어 주겠어요.

솔직해져 자식들아 솔직해지라구

비슷한 사람들끼리 있으면 더더욱 외롭잖아
너도 거품이니까
잘 알잖아!

그는 닭벼슬을 닭처럼 앞뒤로 흔들면서
……
나쁜 자식,
그러면서 울었다

생일

나는 여기에 있다
실은, 다만 그뿐이다

나 오늘을 기다려 왔다
다만 그뿐이라고
유쾌하게 지껄이며
잔을 들려고

지하철엔 사람이 너무 많다
너무너무 많다

칼춤

칼춤 추는 아이들을 보았다
날이 없는 칼을 나풀거리며 웃는 아이들
손잡이 근처에 매달린 쇳조각 장식은
꽹과리 소리를 냈다
공연 날짜가 임박했어요

무사여, 그대도 보았는가?
높은 곳에 앉아서 그가
우리의 칼 솜씨를 보고 싶다고 했을 때
사흘 동안 칼을 뽑지 못했던 그대의 머뭇거림은
끝내 변신에의 믿음으로 바뀌었더랬지
하나의 동작 속으로 옮겨질 수 있을거야, 봄에
땅껍질이 보여 주는 무늬를 봐
그때 그댄 그렇게 말했어
그러고도 또 사흘 그대는 칼을 뽑지 못했지
우린 얘기했다. 남아 있는 날들을
변신하는 정신에게 바치자고
동작으로 둔갑하는 정신에게 바치자고
무사여, 그렇게 우리는 껍질을 다루기 시작했지

칼춤 추는 아이들을 보았다
조명이 들어오고 관객들은 숨을 죽이고, 나는
언젠가 우리가 그 숲속에 걸었던 새집을 떠올렸다
거긴 지금 무엇이 들어와 살고 있을까?
뭔가 들어와서 살고 있긴 할거야
스테인리스 조각들이 반짝거리며 우르르 몰려나온다

미다스

날 때부터 갖고 있던 이름이 무엇이든 간에
산이든 물이든 개든 돼지든
그대의 이름은 이제 잊어야 한다
다시 태어나지 않는다면
내 안에 들어오지 못하리니
어미의 태 속에서 시작했던 것처럼
세례를 통해 거듭나라
유대인과 헬라인과 또한 로마인들이여
갓 태어나는 모든 것들과
다시 태어나고 싶은 모든 것들이여
세례를 받고 강기슭에 오를 때
너희의 머리 위론
찬란한 상품성의 빛이 임하리니
비로소 너희들은 내 안에 통용되리라

힘든 반성

어젯밤 나의 반성이 정녕 마지막이었으면,
긴 수술이 끝나고 환부를 봉합하듯
새벽빛에 밝아지던 반성의 흰 손이
내게 이불을 덮어 주고 다독여 주고
영원히 돌아간 것이었으면,
하여 다가올 밤들에는 시간의 물방울이
내 안으로 나무 피리 소리를 내며 흘러들었으면

나를 괴롭히는 것은 나의 무력한 날들이 아니지
나를 괴롭히는 것은 다가올 날들의 불안도 아니지
나는 무력하지 않아 밤마다 쉬지 않고 반성하니까
나는 불안하지 않아 조그만 빛에도 나를 깨우는 눈이
있는 걸
나를 괴롭히는 게 도대체 무어란 말인가?
난 다만 지겨운 경쟁을 벗으려는 것뿐인데 말야

어젯밤 나의 반성이 정녕 마지막이었다면
나는 이 길을 걸어 그대로 중앙아시아에 갈 거야
먼저 가서, 다 잠들어 있는 곳으로 가서

말 못하는 것들을 깨워 놓으면서 걸을 거야
날마다 아침마다 집을 나서면서도
벌써 떠났어야 할 길을 가지 못하는 건
어제 아침이 마지막이었으면,
나 이미 경쟁을 벗어 버린 것이었으면.

공룡이 멸종하기 하루 전날

공룡이 지구 위에서 멸종하기 하루 전날
멸종하기 하루 전날이었네
이미 많은 공룡들이 쓰러져 있고
남은 소수는 공포에 떨고,
그대는 그렇게 생각하겠지?
아! 천만에

자연이 항상 그렇듯
공룡들은 아무것도 예감하지 못했네
항상 그대의 예측을 비웃는 자연은
그들에게도 공평했네

그들은 커다란 호숫가에 모여
서로의 얼굴을 보고,
물 위에 얼굴을 비춰 보고
비교하고, 비교하고, 서로 닮아 갔지
그날도 그것이 그들의 일이었네
이미 오래전부터 그래 왔지

지혜로운 바람은
나무를 흔들다가 그냥 지나가고
낮은 구릉들은 휴일 정오처럼 침묵했네
멸종하기 하루 전날이었네

외디푸스 눈을 뽑다

그는 왜 눈을 뽑았을까?
왜 하필이면 눈이었을까
아버지를 죽인 두 손
어머니와 관계한 성기
퀴즈 문제에만 능한 혓바닥
등등, 그 많은 저주스런 기관들은 다 내버려 두고
왜 눈을 뽑아 냈을까?
눈은 맑은 창처럼 공평하게
사태를 지켜보았을 뿐인데 말야

눈을 뽑음으로써
그 모든 일들을 통째로 지워 버리려 했을까?
그가 확인한 모든 사실들이 안구 속에 들어 있으니까
그걸 뽑아내면 깨끗하게 사실로부터 벗어날 거라고
믿었던 것일까? 그랬는지도 몰라
단순한 사람들이니까
더 단순한 것일 수도 있어
어머니이고 아내인 이오카스테의 시체를 눈 뜨고는
못 보겠기에, 단지, 그래 단지 끔찍했기에

우발적으로 뽑아 버린 건지도 몰라

그런데, 만약에 만약에 말야
그가 그런 무지 때문에 혹은 우발적인 감정의 북받침으로
그런 행동을 한 게 아니라면 말야
그러니까, 이오카스테의 시체 앞에서의 짧은 시간 동안
그가 모든 것을 돌이키면서 냉정하게
일종의 거부의 방식 혹은 수용의 방식으로
그런 행동을 선택한 거라면 말야
그가 이오카스테의 브로치로 제 눈을 찔러 뽑아 내는
그 장면은 성스러울 만큼이나 질문으로 가득하거든,
난 말야, 아무래도 그런 것 같아서
그 장면을 쉽게 지워 버리지 못하고 들먹이게 되는 거야

그만 하구 테레비나 보자구?
그래, 그러자구
나두 뭐 해 봐야
골치만 아프긴 마찬가지야

뭐 해? 테레비 틀어

……

눈 버려, 뒤로 와서 봐

배트맨

—영화 「배트맨 2」에 나오는 세 주인공의 대화

ㅂ

난 법을 믿는다
법이 지배한다고 믿는다
심지어 지옥조차도.

너도 법을 믿고 있다 이미 믿고 있다
속이지 마라 너 자신을
정말이지 다른 방식을
넌 상상조차 할 수 없다

뼈를 잘라서라도
원고지에 네모 칸을 만들 것이다
내겐 법이 있고 법이 불러 주는 대로
받아 적을 권리가 있다

ㅋ

사랑하는 동무여 저녁이 올 때
네가 남몰래 건물과 건물 사이에 피아노 줄을 매는 것을
나는 보고 말았다, 땀 흘려 기어오른 건물의 뒤편 벽에

네가 법의 마지막 잎새를 그려 넣는 것을,

미안하지만 동무여 너는 박쥐다
아니 아니 더 가엾은 이여
너는 박쥐를 흉내 내는 자다
네 비행의 궤적은 기계의 거미줄로 받쳐져 있고
네 비막(飛膜)은 무대의 조명 앞에서만 빛난다

나를 잠들게 하라
겨울 장마와 바람의 이부자리에 포근히 눕게 하라
진정 날 위해 기원하려거든 다만 이렇게 기원해 다오 :
몹쓸 우연이여, 그녀를 비켜 가 주시오

내가 일으킨 모든 무늬가 전부 가라앉으면
아아, 나는 깨끗이 빠져나가리
나는 여기서 겪은 일들에 대하여 침묵할 것이네
잠 속에서 그 잠 속에서 또 잠 속에서
셀 수 없이 많은 강과 터널을 지나서도
입 열지 않으려네

'상상조차 할 수 없는 곳이었다'
라고 쓰고 봉투를 굳게 풀칠하겠네

그러나 밀봉된 봉투 속에서도
정의의 모습으로 불현 나타나기 위해 차를 닦고 있을 동무여
복수의 칼을 막으며 묵비권 행사의 권리를 읽어 줄 동무여
저녁이 올 때 남몰래 무대장치를 꾸미고 있을 동무여
네가 생각날 것이다 네가 생각나서
나는 풀칠한 위에 또 풀칠하고 위에 또다시 풀칠하고
그렇게 오래 반복해야 할 것이다

ㅍ

여인이여 그리고 박쥐여
내 사랑하는 동료들이여
나는 너희에게 묻는다 너희들
스스로 너희의 옷을 선택한 자들에게 묻는다
선택하지 않았으나 삶을 지배하는 옷을 아는가?

한 사람의 의지와 한 사람의 자유란
찰랑거리는 사소한 물 무늬일 뿐임을
가르쳐 주는 거대한 강을

어깨보다 더 낮게 고개를 숙이고 걷는 펭귄들의 행렬
잘 빗어 내린 것처럼 단정한 뒷모습들을 보아라
이리 오렴 내 손을 보여 주마 내가 반쯤 먹다 놔둔 생선을
하수도에 잠긴 채 자라 온 내 두 발을 보여 주마
너희도 알듯이 나는 다른 것을 꿈꾸지 않는다
나의 기반이 너무도 튼튼하므로
내 생애가 너무도 확고하므로,
하수도가 나를 낳았음을 너희도 알고 있다
너희가 토대를 찾았는가? 내가 이 도시의 토대다
그 누구의 제안과도 상관 없이 존재한다

아름답고 위태로운 여인이여 그리고
존경받아 마땅하지만 불안한 박쥐여
부디 오해하지 말기를,

너희를 만날 때 내 안에서 일어나는 건
악이 아님을 진정 악이 아님을,
나 이제 설명하겠네
동료로서 들어 주게 비막과 채찍을 저리 치우고
그러나 그대들의 선택이므로 벗어 버리지는 말고.

내가, 즉 하수도가
이 세계를, 즉 나의 어머니이며
나의 피부인 이 하수도를
대하는 유일한 방식은 무엇이었겠는가?
공허할 수밖에 없는 그 관계에서
내가 바랄 수 있는 게 도대체 무엇이겠는가?
약간의 웃음과 약간의 긴장뿐
동화든 우화든 신화든 현실이든 또는 학문이든
내 관심사는 오직, 거기에 몇 개의 웃음이 있는가
몇 개의 긴장이 있는가, 하는 것뿐이었네
그대들 스스로 기호를 선택하는 동료들이여
내가 원하는 약간의 웃음과 약간의 긴장을 주는 고마운 이들이여

그대들에게서 무얼 원하는지
귀가 있다면 들어 주길 바라며,
나 토대는 위와 같이 말하네

부랑아와 지방 유지와 신흥종교 지도자의 형이상학

'아무것도 이해하려 하지 않는 삶이 가장 강하다'는 것을 믿고 실천하는 건 전문성을 요하는 일이다. 유전자에 새겨져 있다는 표현도 과장이 아닐 정도로 전문적인, 그러니까 고전적으로 표현한다면 '천분(天分)'이랄 만한 재능이다. 내가 스스로 세금 고지서를 읽기 시작하면서 가장 시급하게 배워 완성해야 했던 삶의 태도가 바로 그것이었다.

나는 자신감에 넘치는 사람이었으므로 쉽게 거기에 도달하리라 믿었지만, 천만에, 도저히 도달할 수 없었다. 이해할 길이 없었다. 이해하는 종류의 것이 아니었으니까. 나의 절망—나는 이 시대가 보편적으로 요구하는 전문적 재능을 터득할 수 없음.

나보다 강하고 두렵기까지 한 대상에 대응해서 내가 할 수 있는 일이 명명하는 일 외에 또 뭐가 있겠는가? 지극히 전문적인 것임에도 불구하고 이 시대가 보편적으로 요구하는 삶의 태도를, 나는 '부랑아와 지방 유지와 신흥종교 지도자의 형이상학'이라 부르기로 했다.

나는 가치판단을 유보한다. 그러나 한 가지 분명한 것은 그 삶의 태도에 도달하기 위해서는 지독히 전문적인 수련이나 천부적인 재질이 필요하다는 것이다. 가끔씩 소년들이 '부랑아와 지방 유지와 신흥종교 지도자들의 형이상학'의 제일 실천 원리—이해(理解)를 통해서는 전달하지도 전달받지도 마라—를 역설하는 것을 보기도 하지만, 나로서는, 그건 가식이라고 생각할 도리밖에 없다.

여리고성 무너지다

1

나 그녀를 단 한번도
마주 보지 않아도
일곱 켤레의 구두가 닳아 없어지도록
우회함으로써, 시종일관
우회하기만 함으로써
무너뜨릴 수 있을런지도 몰라

벽은 허물어지고
손대는 모든 곳이
영혼으로 가는 문이 되는 거지
그때 나는 입성하는거야
조용하게 주사약처럼

그게 가능한 유일한 방식인지도 몰라
작살 따위의 시대는 지났거든
내가 굳게 쥐고 들어 올리는 막대기 끝에
뜨뜻한 그녀의 심장이 꽂혀 헐떡이는,
그런 따위의 상상은 어려, 비릿해

나 실은 심장이 뭔지도 모르는 걸

2

너 여리고성 얘기 아니?
유대 민족이 여리고성을 함락시키는 얘기,
엿새 동안 하루에 한 번씩
그리고 일곱째 날은 일곱 번
성 주위를 돌았대
그냥 그러니까 성이 무너졌다더군

우리도 한번 해 보면 어떨까
빙빙 돌면서 아무렇게나 지껄이는거야
이리 와, 등을 대
—넌 내 심장을 찾아 준다고 했었어
그래, 그냥 아무렇게나 지껄이면
—그땐 넌 달랐었어
사랑에 빠질거야

겨울 풍경 5

대개의 문자들은
실은 무늬일 뿐이다

수식을 벗은 아내 곁에 누울 때마다
나는 믿음에 대하여 생각한다
벗겨 내고 벗겨 내도
무언가 남아 줄 것인가?

길 건너
불 꺼진 간판 집 입구에는
문자들이 수북이 쌓여 있다

겨울 풍경 7

눈빛으로 눈부시게 통화하는
겨울 한낮 철길 속 평행선에게
나는 말한다

아직 안 돼, 지금 너희가 합친다면
우리 전부 다
무(無)를 직면하게 될거야

침묵은 침묵으로
의미는 의미로 남아 있어야 해
모든 이분(二分)된 것들은
차라리 얼어 있어야 해

그래야만 내가
아슬아슬하게 춤출 수 있잖니

겨울 풍경 8

나는 어두운 벙커로 가
내 순결한 기억들에게 말했다

다들 나와,
너희도 자유경쟁해야 해
나 시간을 지우기로 했어

시간뿐만이 아니다 나는
모든 경계를 지울 것이다

곧 내 안에서 일어날
돌이킬 수 없을 화학반응들,
내 마지막은 그들의 열로 버텨질 것이다

성냥팔이 소녀

불 속에서 내가 보아 온 것들은 무엇이었나?
타는 불 속에서도 타지 않던
빵 속에서, 집 속에서
나를 바라보던 것들은
진정 무엇이었나?

어머니는
나 홀로 남아 견뎌야 할 겨울 새벽을
알고 계시면서도
또 내려오신다. 사다리 한쪽 끝을
이 작은 불의 구멍 속에,
어디로도 옮겨 붙지 않는 불의 눈(眼) 속에
놓으신다.

어머니는 역시 말이 없으실텐데
내 귀는 왜 또 두근거리기 시작하는가?

겨울 담벼락에 쭈그린 채 얼어붙어
태아의 자세를 펴지 않는 내 몸뚱이와

겨드랑이 사이로 삐져나온 검은 털,
모여든 사람들이 내뿜는 하얀 입김이
오, 세상에…… 이럴 수가
왜 자꾸
아름답게 상상되는 것이냐?

성냥팔이 소년

그 소녀에게 남동생이 있었다 한다
이튿날 아침,
동네 사람들이 가리키는 곳으로
휘청거리며 뛰어나가는 아버지를
물끄러미 바라보던 소년

겨울 거리에 물끄러미 서서
얼어붙은 누이와
우는 아버지와
몰려든 사람들을
구경하던 소년이 있었을 법하지 않은가

소년의 겨드랑이에도 검은 털이 무성해질 즈음
아버지는 눈에 띄게 약해지셨다
어느 날 소년은 아버지에게 말한다

남은 성냥을 전부 주세요
걱정 말아요 난 차가워요
불의 우상에 속진 않아요

이 물결치는 도시에서 켜는 성냥불로
영원히 변치 않고 거기에 있을
어떤 것을 찾을 수 있다면 돌아올게요
흙이나 물이나 불이나 공기, 그런 배경이 아닌
폐곡선의 경계를 갖춘 물건이어야 해요
단 스무 개만 찾을 수 있다면
아니 단 열 개만 찾을 수 있다면
정말이지 한 개라도 찾는다면,
아버지, 나는 돌아올 거예요
그러나 만일 저 태양이
누워 계신 아버지의 눈 높이로 떨어질 때까지
내가 돌아오지 않는다면,
아버지, 마지막 힘을 내서 짐을 꾸리세요
서둘러 떠나시면서, 절대로 뒤돌아보지 말아요
뜨거운 열기와 폭음이 아버지의 목덜미를 덮쳐도
절대로 뒤돌아보지 말아요

그 소녀에게 남동생이 있었다
해질녘에 주유소 앞에서 성냥 다발을 꺼내는 소년,

승천한 누이는 소년을 마중 나오지 않았고
소년 또한 누구도 기다리지 않는 걸 보면
아마도 이복동생이었는가 보다.

소녀와 소년

접대부 소녀는
아주 늦게까지 일하고
일이 끝나면
조금밖에 안 남은 어둠 속을 걸어
술집으로 간다 술집엔 소녀를 기다리는
접대부 소년이 있다
술집에 가서 말한다

내 삶을 위로해 줘
돈은 얼마든지 주겠어

이튿날 어둠이 내리면
자리에서 일어난
접대부 소년은
접대부 소녀의 골목으로 간다
가서 말한다,
소녀가 했던 것과 같은 말을
같은 억양으로

유원지

'대공원'이라 불리는 역에서 내린 우린
투명하고 둥근 지붕 아래의 계단을 올라
광장을 가로질러 걸었지
사람들은 밀물처럼 쓸려 나오고 있었네
지하철 안에서 보았던 그 젊은 가족도
싸늘한 봄바람 속을 걸어가고 있었네
먼지바람이 불자 아이는 눈을 감았어

이젠 정말 다 컸나 봐, 답답한데도 잘 참던 걸요
경마장이 근처에 있어서 그래
하지만, 이토록 많은 사람들이라니
정말 산이라도 옮기겠어요

입구를 안내하는 방송이
여러 개의 입구를 안내하는 방송이
끊이지 않고 나오고 있었네
지팡이 끝에 매달려 바퀴를 달고 구르는 나비가
딱딱딱 날개를 부딪치고, 머리를 둘로 묶은 계집애가
나비를 내려다보며 뛰어갔다가 저만치서 다시 달려오고

엄마인 듯한 젊은 여자는 아이에게 이름표를 달아 주었네
은희, 오늘 어디 왔지? 여기가 대공원이야 대공원
한번 해 봐, 대 공 원

'대공원'이라 불리는 역에서 내린 우리는
느리게 행진하는 군대처럼 광장을 뒤덮고 나아갔지
가슴이나 등에 아이를 데리고, 또는
들춰 올리고 싶은 짧은 치마를 입은 애인의 손을 잡고
만국기가 펄럭이는 곳을 지나 나아갔지
그 젊은 부부도 우리 중대에 소속되어 있었네

그래 나도 오랫동안
희망을 얘기하는 게 출발점이어야 한다고 믿었어
단 한 걸음을 위해서도
땅끝에서 목소리가 들려와야 한다고,
오랫동안 나는 도면을 완성하는 데 매달렸어
한 번도 내 창고를 들여다보지 않았어
내가 무엇을 가지고 있는지,

내게 무엇이 남겨져 있는지,
내 갈 길은 따로 정해질 거였으니까.

내가 가진 것을 차근차근 들여다보다가 알았어
그들 모두의 빛나는 노력을 말야
이미지에 날을 세우는 장사꾼들과
성(性) 문화에 기생하려는 상품들의
눈물겨운 분투를 더 이상 비웃을 수 없더군
가지고 있는 것으로부터 시작하는 이들,
그들에게서 배워야 한다는 생각이 들었어

세계를 이끌어 온 진짜 힘에 대한
너 자신의 생각을 회의한다고?
네 세계가 와르르 무너지는 기분이겠구나
곧 네가 혼돈 속에 있다고 결론짓겠구나
그래, 아파라 넌 많이 아파야겠다
많이 아프고 나서도
살아 있는 죄 때문에
돌처럼 만족스럽게 풍화할 순 없겠지

없다면, 감상의 태도를 배우는 건 어떻겠니?
넌 배울 수 있을 거다
뭘 할 수 있다거나 해야 한다고 생각하지 마라
넌 못하니까.

유원지에 가 보렴
눈을 부릅뜨고 보고 오렴
눈물이 날 때까지

왜 젊은 처녀 총각들은 안 보이지 아까 입구에는 꽤 많던데

전부 다 놀이 기구 앞에 줄 서 있잖아요 애들 있는 사람이나 이렇게 할 일 없이 걷고 있는 거죠 우리도 하나 타요 아까 본 사슴 썰매 어때요 왜 작은 열차 말에요 앞에는 뿔 달린 사슴 머리가 붙어 있고 맨 뒤에는 선물 꾸러미가 달려 있었잖아요

우리 셋이서 앉을 수 있을까?

우린 말랐으니까 충분할 거예요

그녀와 나는
x축을 축으로 하는 크고 느린 타원운동에다
y축을 축으로 하는 작고 빠른 원운동을 합성한
즉, 럭비공의 표면을 나선형으로 움직이는 형식의
놀이 기구를 탔다 소리를 질렀다
앞에 앉아 있던 사내는 기구가 멈추자
여자의 어깨를 감싸면서 뭔가 위로의 말을 했다
우리는 킥킥 웃었다
줄곧 눈을 감고 이를 악물고 있던 건 그였기 때문이다
여자는 웃고 소리 지르고 우리와 눈이 마주치기도 했었는데
어지러운 듯 손을 이마에 짚으며 비틀거렸다
우리는 더욱 킥킥 웃었다

세상은 안간힘을 써서 나를 놀래려 하지만
지겨운 공중 열차 같애, 난 한 가지만 타 보면
다른 것들은 타고 싶지 않아져
아주 요란하겠지,
평형을 찾느라 세반고리관이 긴장하겠지,

그걸로 그만이야. 전부 다.

난 신비롭거나 반가운 것들로 가득 찬 세상을 꿈꿔 왔어
언제부턴가 열심히 동전을 던져, 내가 원하는 세상이
낯설거나 지루한 것뿐인 이 세상의 뒷면처럼
그래 한 번만 더 던져 보자,
공중 열차를 생각하면 늘 저 요란한 소음이 떠오를거야

이백 년 전 사람들처럼 나도 역사에 관심이 있다
그렇지만, 거대한 수레바퀴?
오래전엔 굴렀는지 몰라도 우리가 발견했을 땐
이미 멈춘 수레바퀴였다, 멈췄으니까 발견된거야
그거 말구 그냥 잡다한 표정들, 화장실 벽에 낙서 같은 거 말이다
거창해지지 않으면서도 역사라는 말을 쓸 수 있다고 생각해?
난 그렇게 생각한다, 이백 년 전 사람들은 웃겠지
역사는 공석인 신의 자리를 위해 고안된 단어야
하지만 나는 보았네 강한 빛이 비치고 눈에서 비늘이

떨어졌네

신의 자리는 늘 공석이었고

공석이었어도 산은 움직여 왔음을

찬양받기에 합당한 이는 저 잡다한 표정뿐

사람들이 숨죽이고 바라볼 만큼 짧은 치마를 하나 사줄래?

난 그것만 입고 다니겠어

정말 지겹도록 시끄러워

그대의 직업이 무엇이든 어디에 살든

어릴 때 처음 유원지에 가 보던 날 그대는 물었다

왜 세상 전체는 유원지가 될 수 없나요?

그대의 직업이 무엇이든 어디에 살든

그때 그대는 아버지의 대답에 만족하지 못했다

그대는 이를 악물며 다짐했지

세상을 위해 유원지가 봉사하는 것이 아니라

유원지를 위해 세상이 봉사하도록 만들겠어

그리고 그대는 그렇게 만들어 놓았네

그대의 직업이 무엇이든 어디에 살든

그대는 이달이나 다음 달 달력에, 아니면 최소한
마음속에만 있는 먼 훗날의 달력에 동그라미를 친다
시인들이 만들어 놓은 미끄럼틀을 타고
시인들이 흔들어 주는 요람에 누워 오후의 햇살을 즐기고
시인들이 거대한 포도송이처럼 들고 다니는 풍선 하나를 사고
시인들이 호수 위에 아슬아슬하게 걸어 놓은 외줄을 타야지
시인들이 백조처럼 모여 있는 갈대숲에 가야지
나도 그들처럼 모자를 써야지

조화를 가장 닮은 꽃, 튤립 꽃밭에서
나는 적어 온 시를 부스럭거리며 꺼냈네
제목은 아직 정하지 않았지만
'연가(戀歌)'라고 붙일까 한다

저녁 무렵이라면
어떤 풍경이어도 좋겠네

피곤이 약물처럼 온몸에 풀어져
덮어쓸 이불처럼 덮여 올 때
나는 내게 물으리

삶이 여전히 신비롭니?

검은 산과 뿌옇게 밝은 하늘의 경계선이
차창을 따라오며 흔들리거나,
거리에 들어찬 간판들이
오색 빛을 뿜고 있거나,
그런 건 아무래도 괜찮겠네

튤립 꽃밭에서 그는 부스럭거리며
'연가'라는 제목의 시를 꺼냈다
늘 그랬듯이 짧은 시였고, 늘 그랬듯이
내가 읽는 동안 그는 고개를 돌리고 있었고
늘 그랬듯이 나는 읽어 보고 돌려주었고
우리는 말없이 일어나서 갔다
늘 그랬듯이

시대를 움직여 가는 힘과
그대를 움직여 가는 힘이 다를 수도 있다
거기서 슬픔이 오는가,
좁고 아늑한 그대의 뒤뜰은
그대에게서 나왔다는 이유 때문에
어두워 보이는가,
놀아라 초대하라
시가 아니면 또 어떠리

아이가 있는 젊은 부부가 유원지로 가네
가슴에 아이를 안고 있는 남자는 줄곧 눈을 찌푸리고 있네
늘 어두운 터널 속에만 있다가 갑자기 위로 나온 두더지처럼.
남자의 팔짱을 끼고 가는 작은 덩치의 여자는
등에 검은 배낭을 지고 있네, 기저귀와 우유병을.
봄이 뱀처럼 그녀를 유혹하자 그녀는 아침부터
남자의 발등 위에 긴 한숨을 자꾸 뱉어 냈던 것이네

아이가 있는 젊은 부부가 사진을 찍네
앞면만 있는 네덜란드 식 건물을 배경으로 섰네
우리 모두가 알고 있듯 그들도 본능적으로 알고 있지
사진을 찍어야 할 장소가 어디인지를.
아주 오랫동안 차례를 기다렸네
찰칵, 한 번 더, 찰칵

'아이가 있는 젊은 부부'
아이의 머리숱이 적은 뒤통수
사내의 찌푸린 눈
뭐라고 말하고 있는 덩치 작은 여자의 멜빵바지
노출이 너무 많았잖아, 웬일이야?
인간 노출계가 실수를 다 하다니
배경에 있는 집들은 다 죽어 버렸구만

점심을 먹은 젊은 부부가 쓰레기를 치우네
스티로폼 접시 위에 차가운 김밥 한 덩어리와
바람이 날라온 흙먼지가 묻은 떡볶이 한 개
구겨진 종이컵에 남은 네모난 얼음 몇 개를 쓰레기통

에 넣고
남자는 담배를 피우네
자동차 공장인 것처럼 많은 차들이 들어찬 주차장 한
가운데로
걷는 남자는 갈라진 바다 길을 가는 기분이네
그 길 끝에는 조개 속 같은 반지하 방이 있지
길이 막히기 전에 도착하는 게 좋겠어
난 내가 유혹받을 수 있다는 걸 확인했으니 됐어요
아이가 있는 젊은 부부는 일찍 유원지를 나섰네
사진을 찍고 점심을 먹은 직후의 일이네

비 오는 날

비 오는 날이면 알게 된다
길은 모두 다
어딘가 따스한 곳으로 가고 있음을

사람의 퀴퀴한 냄새
젖은 아스팔트를 타고 올라와
버스 안에 진동하고,

나는
조용히 내려
이 길을 처음 만들던 그들처럼
빗줄기의 숲을 걷는다
길을 묻지 않아도 되는 따스한 숲을

그가 결혼한다

그리고 느닷없는 결혼 소식
또 고만고만한 방으로 갈 이삿짐을 챙기다가 나는
그의 순한 뒷모습과
걸맞지 않게 뛰어났던 서예 솜씨를
떠올린다, 그가 결혼한다
느는 건 짐뿐이라니까, 이번엔 용달로는 벅차겠어
아내는 짐을 나르며 중얼거리고
아이를 포대기로 싸면서 나는
그에게 안겨 줄 축하의 문구를 생각한다

왕자와 공주처럼 먼 하늘을 바라보며
어깨를 나란히 하면서
만화영화처럼 배경음악이 울려 퍼지면서
그리고 오래오래 행복하게 살았습니다
유쾌한 자막이 새겨지면서
거기서 그냥 끝났으면 하는 생각 그도 하고 있을까?
그렇게 끝내질 수는 없는 삶을 챙기며 아내는
그래도 오늘은 날씨가 좋아 다행이네 한다

그래 그거다.

"오늘은 날씨가 참 좋구나, 다 네가 착한 탓이다"

나는 제 동생을 데리고 물가로 놀러 나가는

다섯 살짜리 꼬마가 그려진 풍경화를 상상한다

담묵으로 그려야 한다. 아주 고요하게.

이삿짐 차가 큰길의 입구에서 좌회전 대기를 하고 있을 때, 나는

모든 것들이 때론 풍경이 되고 싶을 거라는 생각을 해본다

아침 2

가슴에 상처가 아무는 걸
난 기대하지 않는다
언제나 옳은 경험이
—그런 일은 생기지 않아
내게 친절히 가르쳐 주었기 때문이다.

내 가슴의 상처는
암석이 쪼개져 생기는 틈을 닮았다
날카롭고 미세한 금들의 그물 무늬,
시간이 흐를수록 점점
빽빽해져만 갈 것이다
그리고 언젠가는……

이 아침
그 좁은 틈새로 햇살이 들어온다
커다란 색유리창이 있는 성당 모퉁이를 돌 때,
나란히 걷던 동생이 수줍은 듯 웃으며 말한다
형, 나 햇살이 왜 이리 밝아지지
미쳤나 봐 하루가 다르게.

아침 3

오솔길가에
쓰러진 사람이 있다

내가 숲에 들어서면
모든 초록의 잎새와 나무 기둥은
숨소리를 죽이고
그 사람은
흰 종이에 떨어진 핏방울처럼
떠오를 것이다
안개에 싸인 햇살이
그를 들어 올릴 것이다
두 사람이 그냥 내버려 두고 지나친 그 사람

내가 누구인지
묻지 않을 것이다

등나무

나무는 또 한 번
체위를 바꾼다

수없이 바뀌어 온 체위의 역사를
부질없었던 날들의 기록을
머리 위에 이고 사는 검은 밑둥이,
오오! 세상에, 또 뒤틀린다

도대체 누구인가
나무를 유혹하는 그이를
나도 소개받고 싶다

사랑의 찬가

이별을 예감한 후
그녀와 난
경쟁하듯
악을 쓰며
서로의 목덜미를
움켜잡고
매달려
마구 흔들며
서로의 입술을
깨물며
경쟁하듯
사랑해 사랑해
라고 외치고 있어
좁고 어두운 터널 속에
울리는 기차 바퀴 소리처럼

연 1

연은 줄을 끊고 어둠 속으로 날아가고
막내는 오래도록 그 자리에
멍하게 남아 있었다
갈 수 있는 데까지 연을 따라갔던 시선은
곧 구두 위로 내려왔고, 손은
빈 얼레를 만지작거리고 있었다
연을 삼킨 어둠은 벌써 많이 짙어져
막내의 표정을 볼 수는 없었다

공터는 이제 비었고 조용하다
주위의 작은 창에서 흘러나온 빛들이
어깨를 맞대고 수군거린다
막내가 수상해 보이지 않던가?
골목으로 들어가면서도 자꾸 뒤돌아보던
그 눈빛하며 걸음걸이하며……
공터 위로 어둠이
두텁게 듣고 있다

뭉게구름

부풀어 오른 지평선처럼
우리 세상의 경계를 알려 주는 표지판처럼
뭉게구름은 솟아 있다
그들은 아마도
멀리 가는 눈길이 만나는
유일한 벗이리라

우리를 둥글게 에워싼
그들을 바라볼 때면, 나는
이 세상이 아주 좁게 비춰질
어떤 다른 눈을 생각하곤 한다
이 세상이 너무 조용해서 심심한
어떤 다른 귀를 생각해 보곤 한다

우리를 둘러싼 어떤 더 큰 세상과
거기 사는 거인들의 장엄한 전쟁과
질풍처럼 내닫는 수천의 기마대와
눈처럼 흰 그곳의 흙과
그 흙을 파 올려 먼지기둥을 만드는

여의도 광장만큼씩 한 말발굽들

빛이 안개처럼 지붕들 사이에 가득 차고
귀 기울이면 심장 소리가 들릴 만큼 고요한
여름 한낮의 정오 무렵이면
나는 그런 상상을 즐겨
반복하곤 한다

네로와 나

파트라슈와 함께 하늘과 맞닿은 길을 누비던
소년 네로는 루벤스의 그림을 보고 싶어했다
푸른 언덕 위에 홀로 선 늙은 향나무 그늘에서
귀여운 그의 연인 알로아를 모델로 앞에 놓고도
소년은 말하는 것이었다 : 꼭 한 번만이라도.
나는 너무 무거워 보였던 소년의 나무 신발을 기억한다

결국 소년은 루벤스를 보았다
정말 꼭 한 번, 기적이 그를 도왔다
열망은 생애에 꼭 한 번쯤 바람처럼 임하는 기적을 낳는가?
그럴 것도 같애 하지만 기적이란 게
그다지 대단한 건 아니더군.
소년은 죽어 버리는 것이었다
따스한 개털에 파묻혀 미소 지으면서.

나는 막 울었다
그 후로 이제까지도 그만큼 나를 흔든 사건은 없었다
한 번도 보지 못한 것에 대한 사랑이나

죽기 전에 꼭 한 번 보고 싶다는 바람 따위,
개뿔도 이해 안 되는 것들이
마치 내 이름이 외워지듯
가장 밑바닥에 새겨져 버렸다
나는 울었다 그때 나는 아직 꼬마였으므로
내 맑았던 두 눈에서 왜 눈물이 나와야 하는지를
전혀 모르고 있었는데도 말이다

손가락

1

우리 아주 먼 곳을 가리킬 때
아주 아주 멀어서 보이지 않을 만큼 멀어서
우리 다만 방향만으로 서로를 믿어야 할 때

빛나는 손가락들
비로소 한 방향이 되어, 이름 없이
빛나는 손가락들

2

가장 먼 곳을 언급하지 않고,
가장 먼 곳을 가리키는 손가락에 주목하게 만들 수 있는가?
길이 집을 대신할 수도 있는가?
질문만으로 아름다울 수도 있는가
질문만으로

3

내가 질문을 살아갈 때,

까짓거 외로움쯤은 견디겠어
충실히 기다리는 자는 적어도 권태를 이길거야
굳게 마음먹고 오뚝이처럼 살아갈 때

때로 반성하는 내 눈에
허공을 가리키는 내 손가락이
독재자의 제스처처럼 가식적이어 보이는 게
가장 견디기 힘들거야

까짓 거 외로움쯤은 견디겠지
그래 권태도 내 적은 아닐거야
하지만, 어차피 허공을 가리킬 뿐인 걸 잘 아는 내 손가락이
내가 우스워요 이젠 내려갈래요
하면, 무슨 말로 그를 다시 부추길래?

나는 질문을 살 수 있을까?
외계와의 연락은 점점 뜸해지고
아이도 낳았는데, 그래도 계속 즐겁게
즐겁게 질문을 살 수 있을까?

김 집사님

어찌 보면 김 집사님은 잔인한 사람
교회 마당을 내 집 삼아 뛰놀던 어린 시절의 나를 붙잡고
이런 맹세를 하게 했었지 :
주여 나를 당신께 바칩니다.
왼손을 성경책 위에 얹고 오른손을 가슴 높이로 들고
자못 심각한 김 집사님의 얼굴을 마주 보면서
국어 책 읽듯 그렇게 따라 하고는
미끄럼틀로 달려갔지
우리가 바보라고 놀리던 그 계집아이가
자주 오줌을 싸 놓곤 하던 미끄럼틀로.
그 계집애 지금은 간호원이 되고
교회 청년회 간부가 되어
고향에 가면 거리에서 가끔 마주치지
김 집사님 얘기를 하곤 해
김 집사님이 내 안부를 묻더라고
난 교회를 떠났지만
그날은 언젠가 보았던 그림처럼
내 기억 속에 남았다고 전해 줘

교회 마당엔 가을이 가득하지

플라타너스 큰 잎새가 뒹굴고
높은 종루에서 내려온 밧줄 바람에 흔들리고
한 소년과 덩치가 좋은 중년의 사내가 마주 앉아
한 마디씩 한 마디씩 무슨 말인가를 중얼거리고 있었어
많이 들었던 부흥사들의 억양으로 사내는 선창하고
그 억양까지 흉내 내며 소년은 따라하지

김 집사님은 나보다 더 어린애였던 것 같다고,
그리고 이 말도 전해 줘
그 소년의 안부는
나도 늘 궁금해 하고 있다고.

가끔 중세를 꿈꾼다 1

방금 얼굴을 스치고 지난 바람의 근원지에 대하여
그녀를 내게 보내 관계 맺게 한
잇닿은 사람들의 뜻에 대하여
눈앞 사과나무 가지에 열린 사과가
억만 번 죽었다 깨도 배일 수 없음에 대하여
얘기하고 싶어질 때,
작용하는 신비를 만날 때, 아니
정녕 신비 아님을 알지라도
신비라는 말을 쓰고 싶어질 때
운명을 얘기하는 무식의 따뜻함과
속 깊음을 알게 될 때

난 자랑스럽게
중세
암흑으로 불리는 그 성곽에
갑니다

가끔 중세를 꿈꾼다 1.2

그들의 마을에 갈 때는 다른 눈을 준비해야 해
오염된 그대의 눈, 낱장의 사진만을 인화하는 시세포로는 안 돼
뻑뻑하게 움직이는 그대의 팔다리
흔적만 남아 있는 동이근과 꼬리뼈가 눈을 대신할거야
위나 장 깊숙한 곳에 초음파 검사기 몰래 숨어 있는 암세포들이
그대에게 다른 눈을 준비해 줄거야
네모를 만나면 네모가 되고 세모를 만나면 세모가 되는 눈
유리창이 아닌 눈, 향기가 들어오고 향기가 나가고 끝내
그대 어디가 안이고 어디가 밖인지 모르게 되는 눈
그들의 마을에 갈 때는 다른 눈을 준비해야 해

왜 그들은 있지도 않은 것들을 말하게 됐을까?
그대 진지하게 물을 때 거기가 출발 지점이 될거야
거의 잊혀졌지만, 아직 모호한 채로 통용되는 '인간'이라는 말이
그들에 대한 신뢰가 그대 탈것이 될거야

아주 아주 열심히 거기에 매달려 풍랑 헤치고 진원지에까지 이르러야 해

첫 열매를 제물로 바치던 농부에까지

지조를 지키고 싶던 첫 사람들에게까지

아직 얽매이기 전, 제 얘기를 정말 얘기로 볼 수 있었던 때에까지

그들에게 진지하게 던지는 왜라는 질문이 시작이 될거야

가끔 중세를 꿈꾼다 1.4

나를 수직의 세계로 안내한 자는
유유히 흐르는 내 시선을 끊던 단층과
내 고요한 몸을 전율케 했던 좁은 절벽들,
그리고 푸른 심연이었다

그들이 나를 밀쳐 낸다
적당히 멀리 따라왔는데
그들은
늪이나 모래,
구릉이 되어
웃으며 나를 밀쳐 낸다

이젠 혼자 가야 하는가 보다
그래, 이런 날은 언제 오든 올 것이었다

그래도 이별은 아쉬운 것이어서
밤이면 조로(早老)한 벗들의 잔등에 업혀
숫자를 세며 잠을 청하다가
다들 어디 갔니 다들 어디 갔니

중얼거리다가
뒤척거리다가 그러다가 잠드는 것이다

가끔 중세를 꿈꾼다 2

풍차를 향해 돌진했던 그 심각한 표정의 사내,
그가 움켜쥔 낡은 창과
그가 움켜쥔 거대한
현기증의 한 자락을
아시나요

누가 우리를 통치하고 있는지,
내가 나를?
우리 각자가
비록 가난하지만
우리 자신의 주권자?
정말 그렇게 되어 가고 있는 건지요

질문하는 방법을 바꾸지 못했던 사내
발 빠르지 못했던 사내
마침내 구름과 바람과 부딪치려 했던 그 사내
그가 움켜쥔 거대한 현기증의 한 자락
그가 움켜쥔 풍차의 무쇠 이빨 소리
그대도 아시나요

가끔 중세를 꿈꾼다 2.1

도시에서 태어났어도 도시에 주눅 드는 사람이 있다
내가 그렇다
반성해 보면 나를 지탱해 온 것은 반발이다

내가 장인이라는 말을 싫어했던 것도
가치관의 정립이라는 도덕 교과서의 한 장을
혐오했던 것도 도시 때문이다
따지고 보면
도시가 내 관자놀이를 감싸 쥐고
눈 똑바로 떠,
빨리 선택해 네 기능을.
그렇게 밤낮으로 추궁했던 데 대한
단순한 반발이었다

그러나 나는 내가 이곳에서
주눅 드는 이유를 실은 잘 모른다
내 고향인데—
내 심장의 박동 소리를 가장 닮은 것은
공장 라인이 가동되는 소리다—

계시가 있었던 것도 아닌데
생각할수록 놀라운 일이 아닌가
난 도시에 주눅 들 권리가 없다
어디서 이따위 구식 사고방식을 배웠는가?

가끔 중세를 꿈꾼다 2.2

어느 날 복권이 당첨되듯 갑자기
막대한 권력을 손에 쥐게 된 어린아이를
상상해 보았니?

그 빌어먹을 순진성과 잔인성

그런 상상을 하면 나는
역겨움과 멀미를 넘어
살의까지 느껴

그래 맞아, 내게 유일한 희망은 철이 드는 거야
세계를 쥐고 흔드는 자들이
그 어린아이들이 아님을
철들면 알게 된다고
들었거든.

만국(萬國)의 지식인이여

1

우린 각자의 길을 갔네
처음엔 서로의 어깨가 스쳤고
눈이 앞을 향해 있는 동안
옆으로 열린 두 귀는
젖은 풀을 스치는 발걸음 소리가
파문처럼 퍼져 나가는 걸 듣고 있었네

우린 각자의 길을 멀리 갔네
숲은 매 순간 새로운 모습으로 우릴 사로잡았고,
뒤에 남은 자취는, 모르는 사이 구겨진 미로가 돼 있었네
어둠이 귀를 열어 줄 때면 우린 서로를 크게 불렀지
단음절의 감탄사들만이 짐승처럼 모여들었네

우린 각자의 길을 너무 멀리 갔네
우리를 묶었던 둥근 원은 너무너무 넓어져
연락은 두절되었지, 감히 전체를 생각할 수 없네
내 자리는 끝끝내 사수해야 할 유일한 장소가 되었고
참호에 남은 병사처럼 난 스스로 족쇄를 찼지

나를 지탱하는 무게는 이제 내 족쇄의 무게
우린 각자의 길을 너무 멀리 와 버렸네
너무너무 아름다워지고, 너무너무 정확해지고,
너무너무 바빠져서, 혹은 높아져서, 끈끈해져서
이젠 돌아갈 수 없네.

2

—아들아, 넌 언젠가 네 사촌들을 만나겠지만
　　알아보지 못할게야 그러니 이젠부턴
　　　내 이름을 쓰거라. 형님도 틀림없이
　　　　그렇게 하셨을 게다

아버지의 초라한 유산

돌아가는 길에 우리를 안내할 것은
이름뿐이란다

또한 아버지는 우리에게
얼마나 큰 믿음을 부채(負債)로 떠맡기셨는가!

3

우리가 너무 많은 것을 알고 있다면

만국의 지식인 형제여,

그래서 돌아갈 수 없다면

멸망이다

차라리 버려 버리자

단결하자 지식인이여

지금은 우리가 단결할 때다

연 5

새에게서 탐나는 것은 날개가 아니다
오를수록 대기는 묽고
호흡은 가빠지고
곧, 조용한 공간 전체가 같이 헐떡대면
날개에겐 스스로를 비웃음으로써
버티는 일만이 남는다.

그럼에도 그토록 많은 제단이
새를 위해 바쳐져 있는 건,
날아올라서 날아올라서
다시 여기를 내려다보는
새의 눈,
거기에 비친 전체가
우리 모두 속에 어렴풋하게나마
그려져 있기 때문이다.

산 위에서 보다

산꼭대기에서 보면
주위 산들은 모두 가로로 길게 층을 이루고
누운 채, 반쯤 안개에 잠겨 있어
어느 바람 심하던 날의 바다가
그대로 굳어진 모양이다

내가 아주 긴 시간을 한꺼번에 볼 수 있다면,
저들이 어떤 무늬를 이루며 출렁거리는지
바위는 어떻게 떠다니다가
절벽으로 우뚝 서고
다시 늪으로 사그라지는지
한눈에 보고 있을 것이다

먼 데서 별들이
나를 가리키며 수군대는 소리
들려올 것이다

구름의 뿌리

여름 한낮이 구름 때문에 깜깜해질 때가 있다. 먼 데 하늘에서 흰빛으로 솟은 구름이 정말 거짓말같이 두껍게 쌓이는 때다. 갑자기 구름은 검다, 내 머리 위.

그럴 땐 갑자기 바람이 분다. 쪽문 안 건조대에 걸렸던 기저귀들 날아가고, 긴긴 사연들 검은 비닐에 싸여 골목에 뒹굴고, 보조 키까지 채워도 문은 자꾸 열리려 한다. 누군가의 눈에서 섬광이 핏발처럼 인다, 순간. 외계로 향한 창들 부르르 떨고…… 잠시 후에는 후두둑 후두둑 비가 온다.

그럴 때 난 구름이 제 뿌리를 부둥켜안고 엉엉 우는 소리를 듣는다.

태풍의 눈

태풍에 눈이 있다는 얘기를 처음 들었을 때
나는 아무 느낌도 없었다 모두가 그렇듯
그냥 그런가 보다 했다

이제 와 생각하면
그 눈을 기상도에서 마주했던 게
아주 불행한 일이었다
나는 그 안에
나와 내 집과 나의 마을이 들어갈 수 있음을
전혀 생각할 수 없었으니까, 전혀

나는 바람 속에서 한 명의 제작자로서
태풍을 제작한 이에게 찬사를 보낸다
고립이며 유예로 보이는 공간을
중심에 놓은 그에게, 또한
그 큰 바람이 일어나고 죽는 기간 동안
한 번도 자세를 바꾸지 않은
귀 먼 마을에게

내가 희망을 지도로 그릴 수 있게 된 건
순전히 태풍의 눈 덕분이다
바람 속에 사는 한 명의 제작자로서
뒤늦게나마 태풍의 눈을 만난 것에 감사한다

연 7

부로모부터 배운 적이 없는 날갯짓을
뒤늦게 연습한다는 건 쉬운 일이 아니다
수없이 올려다보아 날것들의 보편적인 동작을
거의 외워 버렸지만, 그건 머릿속에서
저만치 소리 없이 떠 있을 뿐
가까이 오지 않는다

날기 위해선
구체적으로
한 개체를 흉내 내야만 하는 걸까?

늦은 저녁,
지쳐 늘어진 두 팔로 돌아오는 골목길 위에
바람에 날리는 종잇조각처럼
깃대 없는 깃발처럼
펄럭이는 박쥐들,
그 아래론
모두 귀가하는 사람들
이 어둠은 어떤 장마보다도 오래 머물 거라고

수군대면서 걸음을 재촉한다

어쩌면
박쥐는 벌써 오래전부터
내게 허락된 유일한 비행(飛行)의 방식을
보여 주고 있었던 게 아닐까?

내가 박쥐를 닮았다고
부끄러움 속에서 자책하던 시절이 있었다
그런 부끄러운 시절이 있었다
그러나 들어라 새들아 이젠 말하리라
이제 집에 들면 나는 전신 거울 앞에
부엉이처럼 웅크리고 앉을 것이다
비막(飛膜)의 느릿한 성장을
부엉이의 눈으로 바라보면서.

죽음 이후

나도 내 나름대로
죽음 이후의 모습일 거라고 상상해 둔 게 있다
어릴 적부터 즐겼던 상상인데,
그것이 죽음 이후와 닮아 있음을 알게 된 건
최근의 일이다

많은 이들이 내게로 와서
내가 거쳐 온 세상을 얘기해 달라고 부탁할 것같다
그들이 어디서 왔는지,
그들이 누구인지는 몰라도
그들은 정녕 얘기를 듣고 싶은 이들

그 자리에 설 때까지는
내 안에 이 세계가 정리되어 있기를 바란다
여기에서의 삶이
그것을 허락한다면,
내겐 더 이상 바랄 것이 없다

■ 작품 해설 ■

'벗'의 시학

장은수

좋은 시를 읽을 때 마음은 느껴 움직인다. 그때 내 안에서 구부러지는 것들, 부풀어오르는 것들, 이리저리 비틀리는 것들, 턱턱 자리 털고 일어나는 것들, 솟아올라 날아다니는 것들, 감정을 들뜨게 하는 것들, 내 속으로 끼어드는 그 이미지의 유령들을 나는 사랑한다. 가령, 그가

> 옆에 선 사내가 근육을 긴장시키며 손잡이를 움켜쥔다. 사내의 팔뚝에 담뱃불로 지진 자국이 보인다. 둥글고 큼직하게 주위 살들을 잡아당기며 아문 흉터가 세 개 일렬로 박혀 있다. 언제였던가 나도 그런 시도를 한 적이 있었다. 술을 많이 먹고 친구들 앞에서 독하게 지졌었다. 상처는 많이 부풀어 올랐다. 며칠 동안 팔 전체가 화끈거렸고,

화끈거렸지만 아무 흉터도 남지 않았다.

(중략)

사내는 아마 물집이 생긴 자리를 세 번 이상 더 지졌을 것이다. 아무도 근접 못할 만큼 무시무시한 기억을 훈장처럼 팔뚝에 새겨 넣기 위하여 사내는 아까처럼 근육을 긴장시키며…… 이를 악물었을 것이다,

—「상처」

라고 쓸 때, 마음이 떠올리는 그 무시무시한 흉터의 이미지들을 사랑한다. 또 그가

지독한 기억이나,
너무 단단한 열망이
퇴적에 앞서 이미 있었기 전엔
그런 형상이 나올 수가 없지 않은가

—「눈꽃의 꽃말」

라고 쓸 때, 마음에서 부글거리는 지난날의 용광로들을 사랑한다. 그래서?

전대호의 시에는 마음의 소리굽쇠를 울리는 이미지들이 여럿 숨어 있다. 그 시를 읽는 동안 나는 그 이미지들에 마음을 얹으며 부들부들 떨었다. 이 글은 그 떨림의 기록이다.

흘러가고, 떠나고, 기억의 지평선 끝에서 희미해지는 이미지들이 있다. 때로 가슴 저리게 하고, 때로 눈앞을 뿌옇게 하고, 때로 세월의 회랑을 돌아가게 하던. 별똥별(「별똥별」), 스승(「어느 때늦은 마술사의 고백」), 태양처럼 당당했던 시절(「믿음직스런 광대」), 역사들(「시간을 얘기하다」), 순결한 기억들(「겨울 풍경 8」), 벗들, 동지들, 우리들……. 그리고 이 모든 이미지들이 서로를 향해 흘러들고 있는 풍경 하나, 거품이 피어오르는.

벗들은 갔다
나무를 타거나 늪으로 가는 강을 탔으리라

그러나 대개의 벗들은,
아주 아주 유사해서 쉽게 겹쳐지는 그 두 통로의
혼돈 속을 흘러가고 있다는 것을 나는 안다
거대한 짐승의 폐 속 같은
장마철의 내 지하 방으로
그들의 편지가 오곤 한다.

"꽃인 줄 알고 다가가면 거품이야, 잘 생각해 보면
거품이 꽃인 것도 같고. 다들 그래.
증발인지 함몰인지 몰라.
……

꽃 구경 와"

—「꽃과 거품」

벗들? 카페나 라면집에서 "책가방을 처음 챙기는 아이처럼/ 제 삶의 계획을 얘기"(「믿음직스런 광대」)하거나 어쩌다 한 번쯤 대학 동창회에서 만나 "여자 얘기", "사고 얘기", "돈 얘기", "옛날 얘기"(「시간을 얘기하다」)를 하다가 지루해진 누군가? 전대호의 시 가장 깊숙한 곳에는 '벗'의 이미지가 둥지를 틀고 있다. 시의 말들은 '벗' 또는 벗을 상징하는 이미지들을 중심으로 나뉘고 묶이고 갈리고 모여 한 편의 시를 구성한다. 그의 시에서 벗들은 스승의 죽음을 겪고 웅성대다가 제 갈 길로 흩어졌거나(「어느 때늦은 마술사의 고백」) 각진 부분이 마모되고 흘러내리면서 "철저히 과거를 숨기고 있는 중"(「눈 내리는 풍경」)이다. 그러나 시의 화자는 뒤에 홀로 떨어져 아련한 눈으로 지나간 것들을 되새김한다. 다 함께 환멸을 느껴 어느 날 모두 문득 그의 곁으로 돌아올 때까지. 그러니까 전대호의 시는 과거와 현재 사이, 따뜻함과 환멸 사이에 아슬아슬하게 걸려 있다. 그에게 시는 옛 상처를 겹으로 덧내서 마음에 무시무시한 기억을 돋을새김 하려는 "무례한 작별 인사"(「상처」)이다. 그렇지 않으면 지나간 일들은 정말 지나가 버리고, "이미 가 버린 것들은 마침내 떠나"게 되니까(「봄은 흰 연기 사이로」).

그런데 '벗'의 시학이 전대호 고유의 것은 아니다. '벗'의 이미지는 1960년대 이래 한국 시를 지배한 중심 이미지들 중의 하나이다. 신체를 구속하고 상상력을 억압하는 폭력적인 야만의 권력과 싸우기 위해 이 땅의 시인들은 따르다, 모이다, 어깨 걸다, 함께 가다 등 역사의 중심 동선을 시 속에 끌어들였으며 그 주체로 좋은 '벗'의 이미지를 만들어 냈다. 한때는 누가 적이고, 누가 벗인지를 가르는 선을 긋는 것이 시학의 유일한 원리인 적도 있었다. 전대호의 시들은 그러한 '벗'의 시학 안에서 자라난 것이다. 그러나 그 '벗들은 갔다'.

전대호의 시에서 벗들은 끊기고 찢기고 갈라지고 부서져 있다. 어디에선가 그들은 시의 화자와 다른 길을 선택해 갔고, 그 헤어짐이 아직도 시의 화자를 괴롭히고 있다. 그래서 전대호의 시들은 이 헤어짐을 돌이키려는 마음의 움직임에 붙들려 있다. 왜?

만난 자는 반드시 헤어지며, 따라서 헤어짐은 누구나 겪는 것이지만 1980년대 학번들에게는 그것이 엄청나게 낯설었기 때문이다. 사실 1980년대는 '하나'를 둘러싼 담론들이 지배한 시대, 그러니까 어디서나 '단결 투쟁' 구호가 말갈기 털처럼 넘쳐흘렀던 시대가 아니었던가. 그 속에는 하나의 역사만이 있었고, 모든 사람이 쳐다보고 가야 할 하나의 지평만이 있었으며, 누구나 눈치 챌 수 있는 하나의 적만이 있었다. 그때 다양성을 외치는 목소리들은 언제나 소수였고, 비웃음을 샀다. 하나 속의 다양함, 다양함 속의 하나를 즐기기에는 세상은 너무 좁았고, 또 임박한 위기의 연속이기도 했다. 전대호 시의 화자와 그 벗들은 그 속에서 세상을 배웠고, 서로 삶을 섞었으며, 하나라는 환상을 즐겼다. 그것이 1980년대 학번들의 운명이었던 것이다. 그러나 환상에서 환멸로 이어진 길은 얼마나 짧았던가. 세상이 약간 움직이자마자 환상은 부슬부슬 흩어졌고 밤마다 몰래 일어나 자기들의 소도구를 챙기는 벗들이 늘어났다. 시인은 쓴다.

> 스승의 장례가 끝나자마자
> 우리의 작은 오두막집은
> 전에 없이 웅성거리는 소리로 가득 찼지요
> 당연한 일이었어요, 우린 떠나야 했으니까
>
> —「어느 때늦은 마술사의 고백」

그렇게 벗들은 갔다. 그러나 언제? 스승이 죽는 순간, 그러니까 '역사'가 아니라 '시간'을 이야기하는 순간, 환상은 깨어지고 벗들은 과거 속으로 사라졌다. 그들은 이제 기억의 회색 재 위에서 날리는 작은 불꽃들처럼 힘없이 눈앞을 떠돌 뿐이다. 현재형 '가다'가 과거형 '갔다'로 바뀔 때 마음이 얻었던 충격이 얼마나 컸던지 시인은 몇 번이나 그것을 되풀이 이야기하고 있다. 때로는 부정과

풍자의 방식으로,

시간이 우리를 달랠 거야,
누가 그렇게 말하자 모두 숙연해졌다
그런 말이 우리를 포근하게 하다니
시간이 해결해 줄 거야,
그래. 시간이,

라고 말하던 그날
적어도 내 기억으론, 우린 처음으로
시간을 얘기한 거야
역사가 아닌 시간을 말야
누가 그렇게 한마디 보태자
모두 술을 들거나 담배를 빨았다

—「시간을 얘기하다」

때로는 이를 악무는 긍정과 다짐의 방식으로.

우리 지금 헤어지고 있는가?
그렇다면 우린 아직 살아 있다
두려움 없이 쪼개지자

우리 산화하지 않은 단면을 보여 주자

보여 주고 서로 용기를 얻자
오직 시간만이 우리를 지배하고 있는 동안
오직 산 것들만이 갈라진다
가라! 울지 말고.

—「시간의 손 안에서」

그렇다면 왜 시간이 아니고 역사인가? 왜 역사를 이야기하면 모이고, 시간을 이야기하면 헤어지는가? 왜 포근하게 하는 것이 화자를 위로하지 못하는가? 왜 이를 악물지 않으면 갈라서지도 못하는가? 왜 헤어지면서 '산화하지 않는 단면'을 서로 보여 주고 용기를 얻어야 하는가? 이 물음들 주변에 1990년대 시학의 불행, 그러니까 집단에서 개인으로 떨어져 나오는 길에 웅크린 고통들이 있으며, 또 미래에서 미래'들'로 움직여 가는 길에 엎드린 불안들이 있다. '하나'라는 역사의 환각 속에서 자란 까닭에 1980년대 학번들은 집단으로 생각하고 행동하는 데만 익숙할 뿐 홀로 자신의 운명을 세워 갈 만큼 속을 벼려 두지 못했다. 그렇기에 1990년대에 들어 내면의 양식인 서정시의 영토가 급격하게 붕괴했으며, 새로운 서정 시학의 출현은 지연되었던 것이다. 그래서 이성복은 연애시를 거쳐 일상의 비루함에 정착했으며, 황지우는 선시풍(禪詩風)을 거쳐 조각이라는 육체의 세계로 흘러들어 갔고, 최승호는 시의 틀을 이리저리 변형시키면서 세속 세계를 이리저리 기웃대고 있다. 또 김중식은 1990년대가 뿌린 죽음과 실연의 영토를 탐구하다가 침묵에 빠졌으며, 유하는 풍자의 세계를 세웠다가 잠언의 공간 속으로 빠져나갔고, 박상순과 채호기의 시는 맥락은 바로 찾았지만 아직 자기 이미지의 영토를 굳게 못질하지 못했다.

처음부터 1990년대 시인들은 과거를 마음에 틀어쥐는 동시에 미지의 운명을 포착해야 하는 이중의 과제를 떠맡았으며, 그것이 1990년대 시학이 들어서야 하는 존재론적 자리였던 것이다. 그러나 환상이 껍질을 벗고 환멸로 바뀌는 움직임이 마음에 준 충격이 너무 컸기에 누구도 이 자리를 전면적으로 이미지화하지 못했으며, 1990년대 시들은 독자적인 미학의 영역을 세우지 못한 채 그 곁에서 이리저리 흔들리고 있다.

'벗'의 이미지를 시 속에 끌어들임으로써 (의식적이든 무의식적이든) 이러한 시의 자리를 날카롭게 드러내고 있는 전대호의 시들도 이 충격에서 크게 벗어난 것은 아니다. 풍자와 야유로 흐른 몇몇 시들(「눈이 뒤집혀 그대를 구하다」, 「만인은 법 앞에 억울하다」, 「배우는 일의 두려움」 등)의 경우, 호흡은 때로 느슨하고, 때로 상투적이어서 자주 끊기고, 이미지는 때로 중복되고, 때로 모호해서 마음을 이끌지 못한다. 그러나 헤어진 자들이 걸어간 자리를 기록할 때, 전대호의 시는 아름답고 여전히 눈을 기울게 한다. 가령, 그가

우린 각자의 길을 멀리 갔네

(중략)

우린 각자의 길을 너무 멀리 와 버렸네

너무 너무 아름다워지고, 너무 너무 정확해지고,

너무 너무 바빠져서, 혹은 높아져서, 끈끈해져서

이젠 돌아갈 수 없네.

—「만국의 지식인이여」

라고 쓸 때, 마음은 얼마나 아프고 정신은 또 얼마나 아찔해지는가. 이처럼 "이젠 혼자 가야 하는가 보다/ 그래, 이런 날은 언제 오든 올 것이었다"는 체념과 "그래도 이별은 아쉬운 것이어서/ 밤이면 조로(早老)한 벗들의 잔등에 업혀(중략)/ 다들 어디 갔니 다들 어디 갔니/ 중얼거리다가/ 뒤척거리다가 그러다가 잠드는 것"(「가끔 중세를 꿈꾼다 1.4」)이라는 아쉬움 사이에는 한번 지나간 것은 영원히 지나가 버리며, 이제는 아무도 지나온 길을 돌아갈 수 없다는 사실 때문에 행복할 수 없는 영혼들의 울음소리가 숨어 있는 것이다. 그래서?

화자의 벗들은 수직 상승의 길인 나무를 타거나 수직 하강의 길인 늪으로 가거나 마찬가지로 힘겹고 외롭고 아프다. 늪이나 나무나 속에 같은 흐름이 있으며, 그렇기에 그들은 다른 길을 선택해 갔지만 사실은 아주 비슷해서 쉽게 겹치는 두 통로의 혼돈 속을 흘러간 것과 마찬가지인 까닭이다. 따라서 시의 화자는 아직도 세상을 이렇게 저렇게 바꾸겠다고 중얼거리는 우스꽝스러운 벗과 아름답고, 정확하고, 바쁘고, 높은 지위에 올라 돌아올 수 없는 벗 모두를 아끼고 또 불쌍히 여긴다. 그 마음이 "꽃인 줄 알고 다가가면 거품이야, 잘 생각해 보면/ 거품이 꽃인 것도 같고. 다들 그래./ 증발인지 함몰인지 몰라"라는 삶에 대한 부정적 인식을 낳는다. 꽃의 아름다움이 거품의 허망함이고, 거품의 덧없음이 꽃의 화려함이라면, 바라야 할 것은 거품인가 꽃인가. 전대호는 이 물음을 스스로에게, 우리에게 화두로 던진다. 그리고 그가 찾아낸 답 하나. 각자의 길 속에서 옛 희망을 되돌릴 수 있는 길 하나. 유유히 흐르던 시선을 끊는 단층과 고요한 몸을 전율케 했던 좁은 절벽들과 푸른 심연을 사유에게 되돌려 줄 희망의 지도.

> 나는 바람 속에서 한 명의 제작자로서
> 태풍을 제작한 이에게 찬사를 보낸다
> 고립이며 유예로 보이는 공간을
> 중심에 놓은 그에게, 또한
> 그 큰 바람이 일어나고 죽는 기간 동안
> 한 번도 자세를 바꾸지 않은
> 귀 먼 마을에게
>
> —「태풍의 눈」

전대호가 그리는 희망의 지도는 고립과 유예로 보이는 공간을 가운데 놓은 지도이다. 큰 바람이 일어나고 죽는 동안 그 공간은 귀를 닫은 채 한 번도 자세를 바꾸지 않고 꿋꿋하게 자기를 지켜 갈 것이다. 그러나 과연 바람이 태풍의 눈으로 빨려들듯이 이 올곧은 의지의 공간 속으로 떠나간 벗들이 돌아올 것인지는 좀 더 지켜보아야 할 것 같다. 의지는 우리를 감동시키지만 현실적인 삶의 방략이 없기 쉬우니까. 그의 좋지 않은 시들이 보이는 리듬 없는 경박함과 두서없음을 용서하기 바란다. 그는 아직 거대한 짐승의 폐 속 같은 자기 방에서 잠수 중이며, 거리에 나앉은 우리 곁에 돌아오지 않았다. 거기서 그는 "가끔 중세를 꿈꾸"는 모양이다. 나머지 시간에 그가 삶의 거품들을 날려 버릴 태풍을 꿈꾸기를.

(필자: 문학평론가)

전대호

1969년 경기도 수원에서 태어났다. 서울대학교 물리학과를 졸업하고, 2004년 동 대학원 철학과에서 박사 과정을 수료했다. 1996년부터 5년간 DAAD(독일학술교류처) 장학생으로 쾰른에서 철학을 공부했다. 1993년 《조선일보》 신춘문예 시 부문에 당선되어 등단했으며 시집 『성찰』이 있다.

가끔 중세를 꿈꾼다

1판 1쇄 펴냄 1995년 12월 1일
개정판 1쇄 찍음 2007년 4월 16일
개정판 1쇄 펴냄 2007년 4월 20일

지은이 전대호
편집인 장은수
발행인 박근섭
펴낸곳 (주) 민음사

출판등록 1966. 5. 19. 제16-490호
서울시 강남구 신사동 506번지 강남출판문화센터 5층 (우)135-887
대표전화 515-2000 / 팩시밀리 515-2007
www.minumsa.com

값 7,000원

ISBN 978-89-374-0593-8 03810